J. Fölsing

Eine Fürstin, die Großherzogin Mathilde von Hessen und bei Rhein

Antigonos

J. Fölsing

Eine Fürstin, die Großherzogin Mathilde von Hessen und bei Rhein

Unveränderter Nachdruck der Originalausgabe von 1864.

1. Auflage 2024 | ISBN: 978-3-38637-092-9

Antigonos Verlag ist ein Imprint der Outlook Verlagsgesellschaft mbH.

Verlag: Outlook Verlag GmbH, Zeilweg 44, 60439 Frankfurt, Deutschland, info@outlook-verlag.de
Vertretungsberechtigt: E. Roepke, Zeilweg 44, 60439 Frankfurt, Deutschland
Druck: Libri Plureos GmbH, Friedensallee 273, 22763 Hamburg, Deutschland

Eine Fürstin,

die Großherzogin Mathilde von Hessen und bei Rhein.

Von

Dr. J. Fölsing,

Ritter zweiter Klasse des Großherzoglich Hessischen Verdienstordens Philipps des Großmüthigen, Garnisonslehrer, Vorsteher einer Erziehungsanstalt für Kinder aus höheren Ständen, Schulvorsteher und Vorstandsmitglied an der öffentlichen Kleinkinderschule, Vorstandsmitglied der „Mathildenstiftung", und an der Fortbildungsschule für konfirmirte Töchter armer Eltern zu Darmstatt.

Mit Bildniß.

Frankfurt a. M.
Heinr. Ludw. Brönner's Verlag.
1864.

Vorwort.

Die Großherzogin Mathilde war eine Fürstin, deren Haupt die Liebe ihres Volkes glänzender schmückte, als die Königskrone, die es trug, deren Seelenreinheit strahlender war, als das Diadem, das ihre Stirne umschlang; sie war eine Fürstin in jeder Beziehung, im edelsten Sinne des Wortes. Das segensreiche Andenken an alles das Gute, was sie auf Erden vollbrachte, begleitet sie in alle Ewigkeit. Daher wird man es mir gewiß richtig aufnehmen, wenn ich „Blumen-, Frucht- und Dornenstücke" aus dem Leben und Wirken dieser Edlen an unserer Seele vorüber gehen lasse. Derjenige, der in einem „Denkmal" bei Gelegenheit der Gedächtnißfeier am 22. Juni 1862 in den „hessischen Blättern" schrieb: „— — Sie, die heißgeliebte Landesmutter, sie, die milde Herrscherin, die so viele Thränen trocknete, sie, der helfende Engel so vieler Verlassenen und Armen, die Retterin so vieler Wittwen und Waisen, unsere theuerste Großherzogin Mathilde, sie ist nicht mehr!" versteht mich, wenn ich die viel beschriebene, betrauerte und beweinte Fürstin in populärer Weise dem Vaterlande, der Jugend und dem Volke, selbst bis in einzelne Punkte hin, damit

sie nicht im Laufe der Zeit in Vergessenheit
kommen, vorführe und zeichne. Sollte ich nicht
für Jedermanns Ansicht mundgerecht geschrieben
haben, so wollte ich doch für Viele anregend
sein durch wahrheitsgetreue, geschichtlich genaue
Skizzen der Heimgegangenen, die den Mann
nach seinen Früchten und nicht uach schön
gewählten Worten bloß schätzte. Daß ich nach
Erfahrungen, nach Selbsterlebnissen in Vielem
geschrieben habe, das fühlt jeder wohlwollende
Leser sogleich durch; allein ich habe auch ganz
natürlich andere Quellen benutzt, welche für
mich belehrend und wichtig waren. Ich habe
aus öffentlichen Blättern, die ich gesammelt
hatte und aus einer schönen Quellenschrift von
Hofrath Dr. Steiner manche und mancherlei
statistische und geschichtliche Notizen entnommen
und sie für meinen Zweck bearbeitet. Nament=
lich muß ich die „Darmstädter Zeitung" her=
vorheben, weil hauptsächlich hieraus die Ge=
dichte gesammelt wurden.

Das vorangestellte Bild wird hoffentlich
Viele erfreuen und zur Belebung und Ver=
tiefung des Ganzen ein guter Beitrag sein.

Meine kleine Schrift sei namentlich dem
lieben Hessenland und Bayernland, so wie
allen Freunden der heimgegangenen Fürstin
empfohlen.

Darmstadt, den 25. August 1864.

J. F.

Erster Abschnitt.

Die Liebe höret nimmer auf.

1. Cor. 13, 8.

Die Großherzogin Mathilde von Hessen und bei Rhein ist geboren zu Augsburg im Jahr 1813 den 30. August um ½ 10 Uhr Nachts in der ehemalig fürstbischöflichen Residenz Lit. D, 116, 117, 118 und wurde am folgenden Tage in der Hofburg getauft. Das Geburts- und Taufregister der katholischen Dompfarrei in Augsburg enthält folgende Vornamen: Mathilde Caroline Friederike Wilhelmine Charlotte und sagt dabei: „Eheliche Tochter des Königlichen Kronprinzen von Bayern, Ludwig Carl August, katholischer Religion, und der königlichen Kronprinzessin von Bayern, Therese Charlotte Louise, Herzogliche Prinzessin von Sachsen-Hildburghausen."

Taufpathin war Ihre Majestät Caroline, Königin von Bayern. Stellvertreterin: Frau Generalin Sophia, Gräfin von Wrede, geborne Gräfin von Wieser. Taufpriester: der hochwürdigste Herr Dombechant des ehemaligen Domstiftes zu Augsburg, Friedrich Freiherr von Sturmfeder, damals Generalvicar des verwaisten Bisthums Augsburg.

Die Taufe wurde wegen eines Unwohlseins des königlichen Kronprinzen am 31. August in der Hofburg vollzogen; die Taufceremonien geschahen erst den 10. October 1813 auf dem vorderen Domchore in Gegenwart des damaligen Provicars geistlichen Rathes Joseph Ignaz Heinrich Lampert und des zeitlichen Dompfarrers Johann Georg von Wagner in der hohen Domkirche in Gegenwart des Königlichen Kronprinzen mit seinem ganzen Hofstaate in feierlichster Weise. Die Geburtsstadt Augsburg übermachte bei der Vermählung der Prinzessin Mathilde dieser ein silbernes Tableau, die Auffahrt von der Hofburg aus nach dem Dom, am 10. October 1813, um hierdurch die Taufceremonien zu verewigen und die treue Anhänglichkeit an das Königlich Bayerische Haus von Neuem zu beweisen. Es war ein bedeutungsvolles Jahr, in welchem die fürstliche Prinzessin das Licht der Welt erblickte, nämlich das Jahr 1813, in welchem die deutschen Gemüther wieder neu auflebten im getrosten Glauben, daß die Zeit der Rettung von der Franzosenherrschaft gekommen sei. Sie durchlebte überhaupt von 1813 bis 1862 eine merkwürdige Zeit; doch ihre große Liebe zur Menschheit ließ sie nie den Glauben an die guten Seiten derselben verlieren. Sie hat immer neu vertraut, neu geliebt, gehofft, geduldet und hat zuletzt doch so schwer kämpfen und leiden müssen, bis sie der Herr in Gnaden abrief. Im Leben

standen Alle ihr treu zur Seite, und im Tode
beweinte ein ganzes Volk die vortreffliche Landes=
mutter. Noch hört man sie nennen und liest
es in Schriften: Guter Engel des Hessenlandes,
— eine Krone ihres Geschlechtes, — Ideal
weiblicher Tugenden, — Muster aller weiblichen
Tugenden, — Zierde des Thrones, — eine der
edelsten Frauen aus dem Hause Wittelsbach, —
und noch so viele, viele Ehrennamen werden
ihr beigelegt, daß man schon hieraus die Fürstin
und Landesmutter erkennen kann, wie verehrungs=
würdig und gut sie im Leben gewesen ist. Sie
war ein hellglänzender Stern, der nicht bloß
leuchtete, sondern auch überall erwärmte. Sie
war eine milde Herrscherin, die Thränen trock=
nete, wo sie konnte; sie war ein guter Engel
für Arme, Kranke, Lahme, Blinde, für Wittwen
und Waisen, für Alle, welche ihre Hilfe in
Anspruch nahmen. Daher war sie auch der
Gegenstand allgemeiner Werthschätzung und Ver=
ehrung. Die Darmstädter Zeitung vom 14.
März 1861, dem Namenstage der seligen Fürstin,
enthält ein Gedicht, welches dieß in kindlicher
Ergebenheit ausdrückt:

Kennt ihr Hessens hohe Fürstin,
Die mit Liebe überall
Bis zur fernsten Landesgrenze
Nennt das Volk mit Jubelschall!
Sie, die so viel Kummer stillte:
Mathilde!

Allen Armen ist sie Stütze,
Allen Kranken Helferin,
Den Bedrängten, den Verlass'nen
Ist sie milde Trösterin.
Froh nennt sie der Dankerfüllte:
    Mathilde!

Draußen, vor der Hauptstadt Thoren
Steht ein einfach, freundlich Haus,
Da geh'n alle Wochentage
Viele Kinder ein und aus
Oftmals ruft der Knab', der wilde:
    Mathilde!

Und das sinn'ge Mädchen sagt dir,
Fragst du, wer Mathilde sei:
„S'ist ja unsre Großherzogin,
„Die uns liebt mit Muttertreu;
„Unsre Thränen oft schon stillte:
    Mathilde!

Treue Gattin unserm Fürsten,
Mit ihm theilend Freud' und Müh';
Innig ihren Vater liebend
Ist des Landes Vorbild sie.
Einet Fürstensinn mit Milde: —
    Mathilde:

Wo sie ging und stand, übte sie Liebe;
auch das jüngste Kind konnte sich ihr auf der
Straße nahen, sie anreden und es durfte ihr
die Hand reichen. Man mußte sie bewundern,
wegen ihrer herrlichen Eigenschaften, die jede
Frau, mag sie Fürstin oder Bäuerin sein, zieren
und ihr die Zuneigung derer verschaffen, welche
sie kennen lernen und zu würdigen verstehen.

Sie war voll Herzensgüte, Frömmigkeit, Sanftmuth, Milde voll Gefühl für alles Schöne und Gute; sie hatte Mitleid für die Freuden und Leiden der Mitmenschen und den Willen und die Kraft, solche schöne und edle Gefühle in Thaten und Handlungen kund zu geben. Sie war herablassend im höchsten Grade und wohlthätig bis zu eigener Entbehrung. Wie viel Gutes hat sie gethan, was den Augen der Menschen verborgen geblieben ist! Wer den Trost und die Hilfe auch nur in Etwas hat kennen gelernt, welche sie in die Hütten verschämter Armen brachte, dahin, wo neben Elend Hunger war, der kann nicht ohne Rührung ihrer gedenken. So nahte sie sich einmal einem jugendlichen, in leidendem Zustande befindlichen Künstler und fragte ihn: ob er nicht eine Luftveränderung unternehmen und dadurch seine Gesundheit stärken wolle? Das sonst blaße Antlitz des Mannes verfärbte sich und eine leise, halbverständliche Antwort: „Ja, Königliche Hoheit!" — — ließ sie seine dürftigen Verhältnisse errathen. — „Gehen Sie in's Weite und erholen Sie sich! Ich werde für Sie sorgen." Die Fürstin sagte dieß in der ihr eigenen, lebhaften Weise, und schon des Nachmittags bekam der Kranke eine Rolle Geld, so daß er reisen und sich stärken konnte. In solcher Weise unterstützte sie Talente, namentlich da, wo sie in Mittellosigkeit untergegangen wären, und Künste und Wissenschaften pflegte sie mit der ihr eigenthümlichen Freudigkeit. Ihre Begeisterung für die Kunst hob sie zu dem Standpunkt eines hervorragenden Einflusses auf die Künstler selbst und ihre Thätigkeit. War sie, wie Professor Dr. Zimmermann, dessen Vorträge über Schiller, Göthe und Andere sie besuchte, bemerkt: „die erhabene Muse der Vorträge, die sie durch ihre Gegenwart verherrlichte“, so erschien sie auch bei den Leistungen der theatralischen Kunst, wie einstens die Großherzogin Louise verherrlichend und als begeisterte Kennerin belebend. Gegen kleine Kinder war sie ganz besonders freundlich, Sie neigte sich zu ihnen herab, wie wenn es ihre eignen Kinder wären; denn der Himmel hatte ihr einen heißen Wunsch des Herzens nicht erfüllt. In frommer Ergebung in den Rathschluß Gottes suchte sie Ersatz für das fehlende Mutterglück in der Sorge und Pflege der Kinder armer Mütter. Sie war 22 Jahre lang Protectorin der Kleinkinderschule vor dem Jägerthore zu Darmstadt, und die Wohlthaten, die sie während dieser Zeit gethan, sind unzählbar. Sie war bei jeder „Frühlingsfeier“, die oft von 160 Kindern besucht war, zugegen und fühlte sich beglückt, mit den Kindern in herzlichster Weise zu verkehren. Ihr weiches Herz wurde, wenn die Kleinen in kindlichem Gottvertrauen sangen:

> Gottes Engel stehen
> Mit mir frühe auf,
> Mir zur Seite gehen,
> Sie im Tageslauf ꝛc.

bis zu Thränen gerührt. Als sie zum Letzten=
male die „Kinder in der Grafenstraße" besuchte,
und mit den Worten:

> Gott erhalte unsre Fürstin,
> Die gefeierte noch lang ꝛc.

herzlichst singend begrüßt wurde, war sie tief
ergriffen, und sie hatte „alle Zeit" für die Unter=
haltungen und Spiele im Garten und die Be=
schäftigungen in den Schulräumen. Wenn bei
Festlichkeiten die Kleinen der „Frau Großherzogin"
einen Blumenstrauß, ein Geflecht aus buntem
Papier, einen Buchzeiger, ein Kreuz oder Ser=
viettenband überreichten, so wußte sie fein und
herzlich die Aufmerksamkeit der Kinder zu wür=
digen. Immer wußte sie den Großen, wie
den Kleinen etwas Freundliches zu sagen. Aus
ihrer Hand bekam jedes Kind, wenn es im
Frühling um Pfingsten aus der Kleinkinder=
schule entlassen wurde, einen Schieferstein, Griffel
und einige Schreibbücher, gleichsam das Hand=
werkszeug, welches es in der nun aufbauenden
Schule nothwendig hatte. In erhöhtem Maße
noch wirkte auf sie die Feier des Christfestes,
welches in der schönen Anstalt bei Abbrennung
einiger Weihnachtsbäume gefeiert wurde. Die
Bäume wurden von kinderfreundlichen Damen

geputzt, und die Geschenke in so viele Gruppen
zurecht gelegt, als Kindlein dem Feste beiwohnen
würden. Da waren Wagen, allerlei Holzwaaren,
Trompeten, Peitschen, Pferde, Puppen und Spiel-
bälle neben Anisgebackenem, Lebkuchen, Aepfeln,
Nüssen und dergleichen mehr. Früher hatte das
Christkindchen auch Kleidungsstücke gebracht; allein
hiervon mußte man abkommen, weil leider manche
Eltern es nicht vertragen konnten, wenn das
Eine ein etwas wärmeres Kleidchen, als das
Andere bekam. Ein Kind bestellte sich einmal
bei der Spielführerin einen Wintermantel. Nun
gab es aber beim Christfest keine Wintermäntel,
sondern andere schöne und nützliche Dinge. Als
das Kind nach dem Feste zur Thüre hinaus,
der Mutter voll Freude entgegenlief, da war der
erste Blick und die erste Frage nach dem Wintermantel und als keiner da war, mußte der Kleine
in den Festsaal zurücklaufen und „das Zeug den
Herren vor die Füße schmeißen.“ Jetzt wird
getrommelt, gepfiffen, gefahren, gewiegt, gesungen,
während die kleinen Mädchen ihre Puppen ein-
schläfern:

> Schlaf', mein Kind, schlaf' ein,
> Schließ deine Aeugelein!
> Sei ruhig nun und schließ' sie zu,
> Dann hat dein liebes Herz auch Ruh.
> Schlaf', mein Kind, schlaf' ein!

Wenn ähnliche Erscheinungen, wie die oben
mitgetheilte, die Fürstin betrübten, so wurde sie

durch das frohe Leben der Kleinen immer wieder freudig gestimmt. Sie klopfte einmal einem Blondköpfchen, einem schönen Kinde, auf die Schulter und fragte, wie es heiße? Das Kind nannte seinen Namen und fragte dann zutraulich: „Wo wohnst du denn nur?“ — „Ei, im Schloß; weißt du, wo das Schloß ist?“ war die Antwort. Das Kind kannte das Schloß, weil es in der Mitte der Stadt steht und dieselbe so herrlich ziert. „Nun, da besuche mich einmal!“ Natürlich wenn die Fürstin so zu einem Kinde spricht, gibt es Zutrauen, und das Kind kam wirklich des andern Tages, nachdem ihm seine Locken von der Mutter sorgfältig waren zurecht gemacht worden und ging zur Treppe hinauf und fragte oben bei einer Hofdame, wo die Frau Großherzogin wohne. Etwas verwundert fragte diese: „Was willst du denn bei der Frau Großherzogin thun, Kleiner?“ — „Ich will sie besuchen, Sie hat mich gestern bestellt.“ Der Kleine wurde wirklich zum Besuche zugelassen und kam vielfach erfreut nach Hause zurück. Solche Dinge machten der Verblichenen den bleibendsten Eindruck. Sie fühlte sich darum auch so glücklich unter den Kindern des „Elisabethstiftes“ zu Nieder-Ramstadt, einem Vermächtniß der Großherzogin Wilhelmine, zum Andenken an ihre verstorbene Tochter, Prinzessin Elisabeth, welche auf der Rosenhöhe bei Darmstadt begraben liegt. In diesem Institute werden stets sechs

Waisenmädchen, deren Väter Beamte waren, erzogen. Sie bleiben dort so lange, bis sie sich entweder verheirathen, oder irgend eine entsprechende Unterkunft erhalten. Dahin zog sie ihr Herz oft, und die Kinder mußten sich von Zeit zu Zeit mit ihrer Vorsteherin im Schloß vorstellen. Sie duldete keine engherzige Erziehung; sie wollte aus den Kindern praktische, arbeitsame Menschen erzogen haben, in keiner Weise einseitig gebildet. Auf Gemüthspflege sah sie ernst, auf Treue allüberall, auf sittlich-religiöses Verhalten bis zu den feinsten Punkten hin. Sie schwärmte für ihre Pfleglinge und rief einmal mitten auf der Rheinstraße einem Manne, von dem sie wußte, daß er für die Anstalt fühlt, zu: „Lieber —! Ich war gestern im Elisabethenstift bei meinen Kindern; o. es ist schön dort! Sie gehen doch oft dorthin; thun Sie es und sehen Sie nach meinen Kindern!“ Bei ihr wurde das Bibelwort: „die Liebe höret nimmer auf“, 1. Korinther 13, 8, zur Wahrheit. Ihr Herz suchte überall Gutes zu üben. Das „Mathildenlandkrankenhaus“ zu Darmstadt erfreute sich daher auch ihres Schutzes; sie wendete demselben in vollem Maße diejenige Unterstützung zu, welche ihr für Menschenwohl und Menschenglück so warm schlagendes Herz gerade für zweckdienlich hielt. Sie schenkte diesem Krankenhaus, das über 100 Betten für kranke Landleute zur Verfügung hat, nicht nur Tausende, sondern sie nahm selbst Antheil an den Leiden der Kranken, besuchte dieselben und tröstete sie mit Wort und That. Einer rührenden Scene müssen wir hier Erwähnung thun. Eines Tages war sie gekommen und verlangte in jedes Zimmer geführt zu werden. Der Director des Hauses bat dringend darum, einzelne Zimmer zu meiden und bezeichnete hierbei eines, in dem ein 75 jähriger Greis liege, der eben erst eine schwere Operation bestanden habe. „Ist sein Zustand so, daß mein Besuch ihn aufregen kann, Doctor“, sprach sie, „dann will ich nicht zu ihm gehen, sonst aber führen Sie mich dahin, dann will ich den armen, alten Mann sehen!“ Der Arzt fürchtete keine Aufregung für den Kranken; er hatte nur der Fürstin den Anblick des gar zu sehr angegriffen aussehenden Alten ersparen wollen. Die Fürstin trat in das Zimmer, indem sie zu der sie begleitenden Dame sagte: „Wenn Sie sich vor dem Anblick scheuen, treten Sie lieber nicht ein!“ Sie aber trat zu dem alten, duldenden Menschen, der ganz erstaunt die vornehme Dame anblickte, die sich seinem Schmerzenslager näherte. „Der Doctor hat mir erzählt, daß Sie mit Muth sich einer Operation unterzogen haben“, so sagte sie jetzt zu dem Kranken, „das ist recht; denn was der Mensch thun kann für seine Heilung, das muß er thnn, dann gibt auch der liebe Gott seinen Segen!“ Als der Arzt aufmerksam machte, daß der Greis, der mit großen Augen die mit

ihm redende Dame ansah, sehr schwerhörig sei,
da sprach die Fürstin: „O, ich kann auch schon
lauter mit ihm reden!" und nun beugte sie
sich über den Kranken hin und redete ihm in so
rührender Weise zu, belobend, tröstend und ver=
sprechend, daß die Augen Aller, die sie reden
hörten, sich mit Thränen der innigsten Rührung
füllten. Als sich die Fürstin aus dem Land=
krankenhause entfernte, bedachte sie, wie immer
bei solchen Besuchen, Kranke, die, aus dem
Hospital entlassen, hilfsbedürftig sein würden,
mit Geldgeschenken, „Ihrem tapfern alten Manne"
aber bestimmte sie eine besondere Gabe. Selbst
mitten auf der Straße fand sie oft Gelegenheit
wohlzuthun und mitzutheilen. Hier redete sie
junge Kinder an und erwärmte sie mit einem
guten Wort; dort hielt sie Unterredung mit
einem alten, gebeugten Mann, der Almosen
sammelte und drückte ihm ein Geldstück in die
Hand; — hier warf sie jedem Vorübergehenden
und grüßenden Bürger, Bauersmann, Officier
oder Beamten freundliche Grüße und Blicke zu,
dort sah man sie selbst an strengen Wintertagen
in und außer der Stadt spazieren gehen; selbst
auf dem Marktplatze sah man sie zuweilen,
um sich mit ländlichen Verhältnissen bekannt zu
machen. Sie war eine Menschenfreundin im
besten Sinne des Wortes. Hören wir nur
einen Zug, der von seltener Menschenfreundlich=
keit Zeugniß ablegt in einer Geschichte, welche

von der Frau, die dabei betheiligt ist, selbst
erzählt und von einem dem Fürstenhause nahe=
stehenden Manne veröffentlicht wurde.

„In Grießheim lebt eine alte, ich glaube
72 jährige Frau, die Nichts mehr verdienen kann,
sondern von Almosen lebt, welche sie von guten
Menschen im Dorfe, sowie auch in Darmstadt
erhält. Nun — diese alte Frau kehrte an einem
Winternachmittag um 2 Uhr aus der Stadt
nach Hause zurück. Es war ein starker Schnee
gefallen und auf dem Fußweg der Chaussee war
erst ein schmaler Pfad durch den Schnee getreten,
und auf diesem schmalen Pfade traf die alte
Frau mit der ihr im Anfange unbekannten
Fürstin zusammen. Wir wollen die Frau diese
Begegnung selbst erzählen lassen.

„Wie ich so dahin ging", so erzählt sie,
„kam eine vornehme Dame und hinter ihr ein
Herr mir entgegen. Ich wollte den vornehmen
Leuten Platz machen und trat auf die Seite in
den Schnee. „„Alte Frau"", rief mir da die
Dame entgegen, „„bleiben Sie nur auf dem Pfade,
wir können auch in den Schnee ausweichen!"""
Als sie bei mir war, frug sie mich, wer ich
wäre, wie alt ich wäre, wo ich her käme, was
ich in Darmstadt gethan hätte und noch so
einiges, und als ich ihr erzählt, daß ich mir
Almosen in Darmstadt bei guten Leuten geholt
hätte, da sagte sie: „„Ach, da muß ich Ihnen
auch etwas geben!"" Und wie sie dann dem
Herrn bei ihr etwas gesagt hatte, da gab mir

der einen ganzen Gulden. Die Frau aber sagte zu mir: „„Wann Sie als nach Darmstadt kommen, sollen Sie immer auch etwas von mir haben. Kennen Sie mich denn?"" — „Ach, ich weiß nicht ganz gewiß", sagte ich da, „aber es kommt mir vor, als wären Sie die Frau Großherzogin." — „„Ja, ja die bin ich und sehen Sie, das hier ist mein Bruder, der Prinz Adalbert von Bayern. Nun, adieu, lieb' Frauchen; es bleibt dabei, ich will Ihnen auch immer etwas geben."" Und da ist sie fortgegangen. Ich habe mich aber dann gar nicht extra zu melden gebraucht; von der Zeit an habe ich immer regelmäßig eine Unterstützung erhalten. Ach! die Frau Großherzogin war eine gar zu gute Frau!"

Und mit diesem Urtheile der alten Griesheimer Frau ist das ganze Land einverstanden. Die Großherzogin Mathilde war ein guter Engel des Hessenlandes, ein Vorbild dem ganzen Volke, hoch und niedrig, in wahrer Frömmigkeit, in Menschenfreundlichkeit, Sanftmuth, Milde und thatkräftiger Theilnahme an dem Wohl und Wehe ihrer Mitmenschen.

Ihre spendende Hand verbreitete sich über's ganze Land, über einzelne Familien, wie über alle diejenigen Institute, die ihre Hilfe bedurften. „Was kann ich für Sie thun?", sagte Sie einmal im Jahr 1857 zu einem Manne, dessen Bestrebung sie ehrte; — „Sie sollen mit Ihren

Kindern nicht Noth leiden", sprach sie einst zum Director des Blindeninstitutes zu Friedberg. Konnte sie nicht mit Geld und Einfluß wohlthun, so that sie es durch persönliche Zuneigung, durch ein anerkennendes Wort. Das taubstumme Mädchen eines Bürgers machte ihr Sorge; Taubstummen = Anstalt und Blinden = Institut waren Gegenstände ihrer Aufmerksamkeit, Alles Leidende stand ihrem Herzen nahe; daher auch die Rettungshäuser ihre Unterstützung genossen. Die Mathildenstiftung, nach dem Tode der Großherzogin gegründet, hat darum eine schwere Aufgabe übernommen; sie will in ihrem Sinn und Geiste wirken; sie will, wie die Heimgegangene, der Noth Abhilfe thun. Das ganze Land wirkt dabei mit, und Se. Königl. Hoheit der Großherzog blickt auf die Zwecke der Stiftung mit Wohlgefallen. Ihr vornehmster Zweck aber ist, öffentlich Zeugniß zu geben, vor Mit= und Nachwelt, wie sehr und allüberall in Hessen Großherzogin Mathilde geliebt und verehrt war, eine Ehrenschuld an sie abzutragen und ihr gesegnetes Andenken nicht ersterben zu lassen, vielmehr auf späte Geschlechter zu erstrecken. Die Ludwigs = und Mathildenstiftung wurde am 26. December 1858, am Freudentage der silbernen Hochzeit gestiftet. Wer damals die Stadt im Festglanze sah, wie Einer mit dem Andern wetteiferte, Thore, Häuser und Fenster zu schmücken, und wie alle Herzen zum Danke bereit waren und ihr noch „fünfzig Jahr, wie heut" wünschten, der fühlt den Schmerz mit um die hohe Kranke in den schweren Tagen der Trauer nach dem 25. Mai 1862. Seit dem 26. December 1833 war sie die treue Lebens= gefährtin des Großherzogs Ludwig III. Als Erbgroßherzog führte er sie heim, als Groß= herzogin (seit 1848) übte sie auf ihren hohen Gemahl durch den Zauber ihres Wesens und durch ihre Einsicht wohlthätigen Einfluß. Seit dem 26. December 1833 war diese Ehe, zu München geschlossen, eine unversiegbare Quelle der reinsten Freuden, wie der zärtlichsten wechsel= seitigen Liebe für die Vereinigten. Natürlich; denn es war ja kein Bündniß nach berechnender Staatsklugheit, vielmehr ein Bündniß liebender Herzen, und die greifen warm in einander und stehen felsenfest in allen Lagen des Lebens bei einander. Ein allgemeiner Jubel des Landes sprach sich auf's Rührendste aus, als am 10. Januar 1834 das fürstliche Paar seinen feier= lichen Einzug in die Großherzogliche Residenz hielt. Man darf es hier wohl sagen, daß zu= gleich Alles voll Freude strahlte über das jugend= lich schöne Paar, das über alles Volk hinaus= ragte. Als die in jugendlicher Schönheit und unvergleichlicher Lieblichkeit strahlende Neuver= mählte in die Arme der sehnsuchtsvoll harrenden, ihr schon durch die Bande naher Verwandtschaft angehörigen fürstlichen Schwiegereltern sank und

von dem Balcon des Großherzoglichen Palais
die Tausend und aber Tausend dankend grüßte,
da stieg von den Lippen jauchzend ihr gefeierter
Name gen Himmel, und je näher sie nun dem
Volke kam, desto tiefer und inniger wurde die
Verehrung. In den Gliedern des Königlichen
Hauses in Bayern liegt ein eigenthümlicher, ge=
müthlicher Zug, der auf Hoch und Nieder einen
wohlthuenden Zauber ausübt. Sie steigen bis
in die niedrigste Hütte herunter und säen Liebe
aus, treten überall mit derselben Würde und
Freundlichkeit hin, daß man sich angezogen fühlen
muß. Wer kennte nicht in dieser Hinsicht den
noch lebenden alten König Ludwig, der schon in
den Achtzigen steht? Wer wüßte nicht als
Bayer die rührendsten Züge von dem kaum ver=
storbenen König Maximilian zu erzählen? Und
ganz so lebte die verklärte Großherzogin, ganz
so am Thron, wie in der Hütte, auf der Straße,
wie im Theater, Conzert, ganz so in der Schule,
wie am Krankenbette. Das war eine Fürstin!
Sie war eine Perle unter den Menschen. Der
allverehrte Großherzog gelangte in einer tobenden,
sturmbewegten Zeit zur Regierung. Da war
es, als wollte das unruhige, unmaßvolle Drängen
und Treiben ihre Ruhe stören; aber die Ver=
klärte war unablässig bemüht, des theuren Gatten
trübe Tage zu erheitern und verschönern, ihm
die Bürde der Regierung zu erleichtern und mit
all ihrer Kraft und Liebe das Wohl ihrer ge=

liebten Unterthanen zu befördern. Wo in aller Welt ist solche Liebe zu finden, die Undank mit Liebe, Haß mit Anerkennung zahlt!? Das ist die wahre Christusliebe! Ganz richtig sagt die Geschichte in dieser Beziehung: „Wie oft auch durch das Geschrei entfesselter Leidenschaften ihr Gemüth im Innersten verletzt sein mochte, die Sorge um das Glück ihres Volkes, um das dauernde Heil ihres Landes verließ sie nicht. Und so wurde das Band der Treue und Anhänglichkeit das Beide verknüpfte, nur um so fester und inniger geschlungen." War also die Verklärte nicht eine Zierde des Thrones? Ja, sie schätzte den Mann im abgeschabten, schwarzen Frack, den Mann, der in schwärmerischer Hingebung für das Wahre und Gute in der Welt strebte, ebenso hoch, als den Großen in Ordensbändern mit hohen Titeln und Würden. Nicht das Kleid machte bei ihr den Mann, sondern der Adel der Seele. Wie oft suchte sie gerade diejenigen Edelstrebenden auf, welche äußerlich in Nichts ausgezeichnet waren; aber selbst in Kummer und Elend auf den Herrn vertrauten! Das waren oft die Ersten, mit denen sie bei Versammlungen und Festen verkehrte und mit ihnen von den tiefsten Dingen redete, die das menschliche Leben ausmachen, beseligen, beglücken oder verkümmern und verleiden. Sie konnte den Betrübten nicht sehen, sie sagte ihm denn ein herzliches Wort, ein tröstendes in Gott. Die

Religion war ihr — mit Jean Paul zu reden
— die goldene Kette, welche den Erdball am
Throne des Ewigen festhält. Die Religion, die
Humanität, die Christusliebe, aber nicht die aus=
schließende Eiferei gegen Andersdenkende, waren
es, welche sie in ihrem Thun leiteten. Ob=
gleich Katholikin, so fühlte dieß gewiß Niemand
von einer andern Confession; sie liebte Alle
gleichmäßig, aber Treue und Wahrheit mußte in
den Menschen walten. Ihre ganze Erziehungs=
weise vom ersten Athemzuge an war eine Kette
von humanen Grundsätzen; ihre Erziehung war
eine sorgfältige in jeder Hinsicht. Schon hier
entwickelte sie jenen liebenswürdigen Character,
der ihr bald alle Herzen gewann und sie auf
die Stufe der Anmuth und Bildung stellte, auf
welcher sie ihr ganzes Leben lang geglänzt hat.
Die Edle hat reichlich erfüllt, was der Vater
an der Wiege von ihr hoffte.

König Ludwig schrieb nämlich: „Meiner
noch keine zwei Tage alten Tochter Mathilde":

„Der gleiche immer, welche Dich geboren!
Das ist der schönste Wunsch zu Deinem Glück.
Ein Schmuck der Menschheit bist Du dann geboren,
Die Mutter einstens gib in Dir zurück.
Das Schönste dann vereinigst Du, Mathilde,
Mit zarter Weiblichkeit der Anmuth Milde;
Beglücken wirst Du, welche Dich umgeben,
Und Seligkeit wird Deines Gatten Leben."

Die Liebe zu den Eltern, ihren Geschwistern,

Verwandten war durchaus ein fester Characterzug bis an ihr Ende.

Noch in der Schmerzensnacht vor ihrem Tode, also vom 24. auf den 25. Mai 1862, da schon die Aerzte jede Hoffnung aufgegeben hatten, begehrte die Großherzogin die „Allgemeine Zeitung" und ließ sich vorlesen, was dieselbe über ihre Krankheit melde. „Gut", rief sie freudig aus, „daß es so lautet, daß mein lieber Vater nicht erschrickt!" Ihre Frau Mutter — die obengenannte Prinzessin Therese Charlotte Luise Friederike Amalie von Sachsen-Altenburg, Tochter des Herzogs Friedrich von Sachsen-Altenburg und Charlottens von Mecklenburg-Strelitz, der älteren Schwester der nachmaligen Königin Luise von Preußen, — war ihr im Jahr 1854 in das Jenseits vorausgegangen. Dieser Heimgang machte ihr Bekümmerniß. Als sie bald nach der Beisetzung wieder nach Darmstadt kam, besuchte sie sogleich die Kleinkinderschule. Sie konnte die Thränen nicht unterdrücken, als sie die Kindlein sah, welche sie an ihre eignen Kinderjahre erinnerten. Von väterlicher und mütterlicher Seite entstammt sie zwei Fürstenhäusern, welche nicht nur zu den ältesten Europas gehören, sondern deren Glanz und Ruhm ihnen auch, soweit die Geschichte reicht, eine der ersten Stellen in der Reihe der deutschen Fürstenstämme erworben haben, nämlich den Häusern Bayern und Sachsen.

Ihr Vater, der leutselige, ewig jugendliche König Ludwig von Bayern, ist der Sohn des im Jahr 1825 verstorbenen Königs Maximilian Joseph von Bayern, vermählt mit Wilhelmine Auguste von Hessen-Darmstadt. Diese starb schon im Jahr 1796. Die Großherzogin war die älteste Prinzessin unter 9 Kindern, es waren 5 Prinzessinnen und 4 Prinzen. Vom 30. August 1813 bis zum 25. Mai 1864 hatte ihr der Herr verstattet, auf der Erde zu leben und zu wirken. Sie erkrankte plötzlich in Folge einer Erkältung, wozu sich ein entzündliches Fieber gesellte, und keine Macht der Welt konnte die großen, großen Schmerzen ihr lindern, nicht die erprobteste und bewährteste Kunst das schwer bedrohte Leben erhalten, die heißesten Gebete vieler Tausende von Weinenden konnten den gefürchteten Schlag nicht von dem theuren Haupte abwenden. Wohl hört die Liebe nimmer auf; doch es ist schwer, unendlich schwer für die Zurückbleibenden, ein liebendes Herz aus dieser Welt scheiden zu sehen. Dieß fühlte ganz Hessen und dieser Stimmung lieh ein Dichter in folgendem „Gebet" Worte:

> „Nun, da in schwerem Kampfe ringet
> Die Königliche Frau,
> Empor aus Aller Munde bringet
> Gebet zum Himmelsblau:
> Herr, schirme dieses theure Leben,
> Das rein, wie Deiner Sonnen Licht,
> Den Engel, welchen Du gegeben,
> Entziehe ihn der Erde nicht!"

Zweiter Abschnitt.

Das Andenken der Gerechten bleibet im
Segen.

Spr. 10, 7.

Jedermann kennt das laute fröhliche Treiben, das sonst während der Messe überall herrscht. Anders war es im Frühjahr 1862 zu Darmstadt. Stille gingen die Käufer hin und wieder, keiner der Verkäufer wagte, wie sonst, die Güte seiner Waaren mit lauter Stimme anzupreisen, die Kinder trugen ihre Spielsachen und Lärminstrumente lautlos nach Hause, selbst die Meßmusikanten, diese Zerrbilder der edlen Musik, hielten sich fern von ihrem gewöhnlichen Versammlungsort. Ueberall Schweigen, Niedergeschlagenheit, hier und da sogar Thränen, die jedoch schnell abgetrocknet wurden; und doch brauchte sich Niemand derselben zu schämen, sie galten ja der theuren Großherzogin, die in schweren Leiden im Schlosse lag. Die größte Linderung in ihren Schmerzen war, daß sie durch liebende Hände gepflegt wurde; zwei Schwestern standen ihr sorgend zur Seite, Adelgunde, Herzogin von Modena, und die Prinzessin Carl, ihre Schwägerin, mit der sie jahrelang in schwesterlicher Liebe gelebt hatte. Die Prinzessin Carl, welche auch als Fürstin wußte, was es heißt, Kranke zu pflegen, war ihr nicht bloß durch ihre verständige, herzliche Hilfe, sondern auch durch ihren festen Glauben eine große Stütze. Und immer trauriger ward die Stimmung des Volkes; denn so eben gingen fremde schwarzgekleidete Männer (es waren fremde berühmte Aerzte) in's Schloß, und das mitfühlende Volk rieth in seiner Herzensangst das Schlimmste. „Wer sind sie?" fragte eine arme Frau eine ihr gänzlich unbekannte Dame. Diese blickte sie an, ihr Auge ward feucht, sie konnte nicht antworten; aber sie blickte nach Oben. Doch die Arme verstand den Blick und ging weinend fort. Hier war der Standesunter= schied gefallen. Alle waren sich gleich; denn Alle verband ein Leid. Ein großer, tiefer Schmerz bewegte das ganze Volk, und in der Residenz, wie in dem fernsten Dörfchen des Hinterlandes erwartete man mit gleicher Sehn= sucht, mit gleichem Bangen die täglichen Bulletins über das Befinden der leidenden Fürstin. Und wie mußte sie leiden, die edle, hochherzige Frau; die überall Schmerzen gestillt, litt so unsäglich, wie wenige nur dulden müssen. Doch selbst in ihren Schmerzen gedachte sie daran, daß Viele ebenfalls siech dalagen, doch ohne die Bequem= lichkeiten, die ihr geboten waren. Und sie be= fahl, daß die Kranken im Diakonissenhaus „Elisabethenstift" ebensolche Betten bekämen, wie diejenigen, welche ihr solche Linderung verschafft hatten.

Allmählich senkte sich die Nacht herab; aber wo ein ganzes Volk trauert, ist auch Tag und Nacht gleich, und längst schon hatte die Thurm= uhr 9 Uhr geschlagen, und immer noch standen die Bewohner Darmstadts um das Schloß. Ruhig, so ruhig, daß man kaum einen Laut der auf= und abgehenden Menschen hörte, nur hier und da einen Seufzer, ein halbunterdrücktes Schluchzen. Da trat ein Diener aus dem Schlosse, leise kam Alles herzu, ihn zu fragen; eine Frau mit ihrer Tochter drängte sich zu ihm und sprach: „Ach, ich muß ja heut Abend noch mit der Eisenbahn fort, ich möchte doch gern noch einmal wissen, wie es der Frau Groß= herzogin geht", und vor Weinen konnte sie nicht weiter reden. Der Diener konnte die Weinende nicht trösten, war ihm doch selbst das Herz schwer von bangen Befürchtungen. Plötzlich theilte sich die Menge und mit langsamen Schritten kam ein Geistlicher, der soeben von der Fürstin kam, daher. Jedermann blickte nach ihm, um wo möglich aus seinen Mienen zu lesen, was zu hoffen, was zu fürchten ist. Sein Kummer verrieth, was er nicht aussprechen konnte. — „Lebt sie noch? — Ach Gott, sie ist ge= storben!" — So klagte es überall. Sie lebte noch; aber nur schwach war der Lebensfaden. Ein Augenblick und er konnte brechen. Endlich, tief in der Nacht, verlor sich die Menge; aber die Trauer begleitete sie heim und verließ sie nicht.

Allmählich erhob sich die Sonne wieder. Es war Tag und zwar ein Sonntag; der 25. Mai. Ueberall kamen die Leute in die Kirchen, um Heil und Genesung für die leidende Fürstin zu erflehen. In allen evangelischen Kirchen Darmstadts, wie des ganzen Landes klang die Fürbitte für sie in folgenden Worten:

„Herr allmächtiger Gott, Du bist unsere Zuflucht für und für und bei Dir ist Hilfe in allen Nöthen. Darum gebietest Du uns selbst: rufe mich an in der Noth! Siehe, hier sind wir und rufen Dich an mit unserem ganzen Volke für unsere geliebte Großherzogin, die Du mit schwerer schmerzlicher Krankheit heimgesucht hast. Unsere besorgten Herzen flüchten zu Dir, und wir bitten Dich, du Gott der Barmherzigkeit, erhöre das Gebet unseres Großherzogs, seines ganzen Hauses und seines ganzen Volkes, gebiete der Krankheit, erhalte unserm theuren Großherzog die geliebte treue Gemahlin und unserm Volke die tugendsame edle Fürstin. Erfreue sie recht bald wieder mit Kraft und Gesundheit und lasse sie lange, lange noch ein erweckendes Vorbild auf dem Throne und eine Helferin in den Hütten der Armen und Nothleidenden sein. Herr, wir trauen auf Dich, erhöre uns, um Deiner Liebe und Erbarmung willen erhöre uns!“

Aber meine Gedanken sind nicht eure Gedanken und eure Wege sind nicht meine Wege, spricht der Herr. Sie, für die Tausende in tiefster Andacht beteten, war schon genesen. Gott hatte das Gebet erfüllt! aber anders, als die Menschen es gedacht hatten. Statt irdischer Genesung und zeitlichen Heils hatte der Ewige in seinem unerforschlichen Rathschluß sie hinge= führt in das Land, wo kein Leid, noch Geschrei, noch Schmerz mehr ist. Die fromme Dulderin entschlummerte sanft mit einem leisen Athemzuge nach vierwöchentlichem Leiden, versehen mit den heiligen Sterbesacramenten. Ihre letzten Worte waren: „Herr, Dein Wille geschehe!" Sie starb gerade um 11 Uhr, in der Stunde, da an heiliger Stätte für die Erhaltung dieses kostbaren Lebens gebetet, an dem Tage, an welchem ihr vor 19 Jahren eine geliebte Nichte, die an ihrem Sterbelager stand, geboren wurde, und welche am 18. Mai 1864 mit der Eisenbahn mit ihrem hohen Gemahl als Großherzogin von Mecklenburg = Schwerin abreiste, mit reichen Segenswünschen begleitet, die dieser einfachen, bescheidenen, wahrhaft frommen Prinzessin Anna zu Theil wurden. An ihr hing das Herz der Heimgegangenen, ja, sie war der Augapfel des Hofes, eine Zierde ihrer hohen Eltern, des Prinzen Carl und der Prinzessin Carl, einer gebornen Prinzessin von Preußen. Als das Herz brechen wollte, gab die Scheidende ihrem tief gebeugten, im Innersten erschütterten fürst= lichen Gemahl noch Worte des Trostes; Worte des Trostes ihren anwesenden theuren Verwandten, ihrer Schwester, der Herzogin von Modena, und ihrem Schwager, dem Prinzen Alexander von Hessen, beide aus weiter Ferne zu der geliebten Kranken herbeigekommen, um ihr in so großer Noth beizustehen. Sie starb, das Volk weinte. Ja: „So starb eine gläubige und erleuchtete Christin; so die Großherzogin Mathilde, deren Haupt die Liebe ihres Volkes glänzender schmückte, als die Königskrone, die es trug, deren Seelenreinheit strahlender war, als das Diadem, das ihre Stirne umschlang. Die irdische Krone ist ihr am Grabesrande vom Haupte gesunken, eine himmlische Krone, die Krone der Gerechten, hat sie dafür empfangen.‟

Tiefe Trauer herrschte in der Stadt, eine düstere Wehmuth lag über der sonst so freundlichen Residenz. Wohin man blickte, schwarze Kleider, selbst der Aermste trug ein dunkles Kleid, und wenn er es leihen mußte; denn Jeder wollte mit dem geliebten Landesherrn trauern, ihm zeigen, daß seinen Schmerz ein ganzes Volk mitfühle. Und wahrlich, Hessen hatte Ursache zu trauern! Welcher Kummer, wenn einer Familie die Mutter stirbt, und hier war die Landesmutter verschieden! Ob sie wirklich eine Landesmutter gewesen, brauchte Niemand zu fragen. Es stand in allen den traurigen Mienen, auf jedem schwarzen Kleide, in der trüben Stille, die in der Stadt herrschte, überall, wohin man blickte, mit leserlichen Zügen geschrieben. Keine Glocke tönte, man hörte nicht die Trompeten, die sonst zu jeder Stunde des Tages den Soldaten ihre Pflicht verkündet, selbst das gewohnte Trommeln, das sonst Abends um 9 Uhr die Leute in die Häuser rief, unterblieb. Die Läden, die in buntem Glanze die Schaulustigen herbeilockten, waren mit schwarzen Vorhängen verdeckt und alle ausgestellten Gegenstände schwarz. Ein Officier ging durch die Rheinstraße. Wie mancher Knabe hatte schon sehnsüchtig nach den glänzenden Epauletten geblickt. An diesem Tage waren Epauletten, Degenquaste, alles, was Farbe hat, mit schwarzer Krepp verhüllt. Er grüßte eine Dame. Wie hübsch hatte sie der kaum aus dem winterlichen Versteck hervorgebrachte Sommeranzug gekleidet. — Jetzt trug sie ein schwarz wollenes Kleid mit langen Aermeln, und tief in's Gesicht reichte die schwarze Krepphaube mit der breiten Schneppe. Ihnen folgten noch Viele, Männer und Frauen aus den verschiedensten Ständen. Alle gingen denselben Weg — in das Großherzogliche Residenzschloß. Sie wollten ihre Fürstin, die so lange Allen Gutes gethan, die allen Betrübten Trösterin, allen Armen Pflegerin, allen Kindern wie eine freundliche Mutter gewesen war, noch einmal sehen, wollten ihr „die letzte Ehre" erweisen. Schon war der Schloßhof gedrängt voll und immer mehr kamen Leute herzu. Endlich, um

neun Uhr Morgens, öffnete sich die breite Thüre
bei der Schloßwache, und ein Diener bat die
Versammelten, zu Zweien hinaufzugehen, da
oben der Raum nicht sehr breit sei. Langsam
gingen sie über die Treppe, durch verschiedene
Säle, bis ein schwarzer Vorhang ihnen zeigte,
daß sie am Ziele seien. Hier, im sogenannten
weißen Saale, lag die Todte, rings umgeben
von alten Ahnenbildern, welche ernst auf ihre
Enkelin herabschauten. Die Pfeiler, auf welchen
die Kerzen brannten, waren schwarz verhüllt,
rechts und links lagen auf schwarzsammtnen
Tabourets, die, mit einem Trauerflor bedeckte,
großherzogliche Krone und die, von der hohen
Verblichenen getragenen Orden. In der Mitte
erhob sich der Katafalk, worauf sie ruhte im
letzten Schlummer. Nicht die Fürstin, die Frau,
die Landesmutter lag hier, im schwarzen Sammt=
kleide und weißen Häubchen, ohne jeglichen
Schmuck, nur das Kreuz mit dem Heilande, der
dem Tode die Macht genommen, in den Händen.
Die Liebe hatte ihr Blumen zur Seite gelegt,
der Katafalk war von Rosen und anderen lieb=
lichen Frühlingskindern umgeben, die man der
Todten dargebracht, als letzte Liebesgabe. Oben
stand ihre Oberhofmeisterin in ernster, tiefer
Trauer und daneben eine Oberhofcharge, zwei
Kammerherren und ein Kammerjunker; doch sollte
ihr, die gegen Jedermann voll Liebe und Freund=
lichkeit gewesen war, die letzte Ehre nur von

Fremden erwiesen werden? Nein. Bei den Kammerherren standen während des Trauertages öfters Prinzen des Großherzoglichen Hauses, um ihrer hohen Verwandten ihre Anhänglichkeit auch im Tode zu beweisen. Unten am Katafalk, zu ihren Füßen knieten ihre beiden Hofdamen. Ein ununterbrochener Zug Theilnehmender ging, leise noch ein andächtig „Vaterunser" für die Verstorbene betend, vorüber und entfernte sich über die Treppe im inneren Schloßhofe. Bis zwölf Uhr blieb der Saal geöffnet und ebenso Nachmittags von zwei bis fünf. Um acht Uhr Abends ward die Leiche in Gegenwart der aller= höchsten und höchsten Herrschaften eingesegnet; hierauf ließ der Minister des Großherzoglichen Hauses den Sarg schließen und derselbe ward von sechs Kammerherren und zwölf Hofhand= werkern in den Leichenwagen hinabgetragen.

Schon sobald es anfing zu dämmern, ver= sammelten sich die Bewohner der Residenz und der Umgegend in allen Straßen, durch welche der Leichenzug gehen sollte. Um acht Uhr kam das Militär, welches vom Schloß bis zur katholi= schen Kirche ein Spalier stellte. Endlich, gegen neun Uhr, kam der Trauerzug. Voran gingen eine Abtheilung Militär, ein Hoffourier, die Hofofficianten, der Gemeinderath von Darmstadt, die Beamten der Großherzoglichen Cabinets= und Hofämter, die nicht im Militär= und Civil= dienst stehenden Großherzoglichen Kammerherren,

Kammerjunker und Hofjunker, die Geistlichkeit, der Viceoberstallmeister, der Leichenwagen mit acht Pferden bespannt. Zu jeder Seite des Leichenwagens 1 Oberbereiter, 3 Kammerherren und 6 Hofhandwerker und 4 Diener mit gesenkten Fackeln.

Unmittelbar folgten: Der Großherzog, die Prinzen des Großherzoglichen Hauses, der am Nachmittag dieses Tages angekommene Prinz Luitpold von Bayern, Bruder der verstorbenen Großherzogin, die General- und Flügeladjutanten des Großherzogs und der anwesenden Prinzen, die Ober[st]hof- und Hofchargen, das diplomatische Corps, die Abgesandten fürstlicher Personen und die Standesherren, der Minister des Großherzoglichen Hauses, die Mitglieder beider Ständekammern, die Ministerien, die nicht im Dienst verwendeten Offiziere, die Großherzoglichen Civilbeamten, eine Abtheilung Militär. In der Kirche wurde die hohe Leiche mit einem feierlichen Choral empfangen und in die Sacristei gebracht, wo sie bis zur Vollendung der Gruft verblieb.

Am 30. Mai Morgens zehn Uhr wurde in der katholischen Kirche der Trauergottesdienst für die Dahingeschiedene gehalten. In der Mitte der Kirche stand ein Katafalk, umgeben von brennenden Kerzen, worauf sich die Großherzogliche Krone, die Orden der höchstseligen Fürstin und ihr Wappen befanden. In der Großherzoglichen Loge waren außer Sr. Königlichen Hoheit

dem Großherzog sämmtliche Glieder der Groß=
herzoglichen Familie, Prinz Luitpold von Bayern
und der Großherzog von Baden.

Vier Wochen waren festgesetzt zur allgemeinen
Landestrauer. Während dieser ganzen Zeit wurde
in allen Kirchen des Landes von elf bis zwölf
Uhr Mittags geläutet für die Großherzogin.
Am Schluß dieser vier Wochen wurde in allen
Kirchen des Landes eine Gedächtnißfeier für die
Verblichene gehalten. Jeder Ort bestrebte sich,
seine Anhänglichkeit für sie dadurch zu beweisen,
daß er den Gottesdienst mit möglichster Feier=
lichkeit ausstattete, wie die Berichte, welche von
allen Seiten her einliefen, bezeugten. Und dieß
geschah nicht nur in den evangelischen und katho=
lischen Kirchen, sondern auch in allen Syna=
gogen des Landes. Der humane Geist der
Seligen hatte keinen Religionsunterschied gemacht,
sondern überall, wo Noth war, diese zu lindern
gesucht, deßhalb vereinigten sich jetzt auch Alle,
um ihr Andenken würdig zu feiern. Am Abend
des 23. Juni führte der Darmstädter Musik=
verein unter Mitwirkung der Großherzoglichen
Hofmusik das herrliche Requiem Cherubini's für
sie aus. Hiermit war die verordnete Trauer
geendet; aber Hessen wird niemals seine Groß=
herzogin Mathilde vergessen. Jeden 14. März
und 30. August, sowie am „Allerseelentage"
wird die Gruft, in welcher sie nun ruht, ge=
öffnet, Männer, Frauen und Kinder kommen

herbei und tragen Kränze, Sträuße und Blumen
auf den Sarg der geliebten Fürstin, und auch
arme Mütterchen kommen heran, ein Vergißmein=
nicht auf den Sarg ihrer Wohlthäterin zu legen.
Das segensreiche Gute, was sie hier so vielfach
vollbrachte, begleitet sie bis in die Ewigkeit.

Dorthin geleitet sie auch der Dank und die
Verehrung des Vaterlandes, dem sie stets ein
guter Engel war und den Frieden verkündigte;
Dank und Verehrung sind in Einem Gefühl
aller Hessen vereinigt: „In dem ehrenden und
erhebenden Gefühle deutscher Treue und Anhäng=
lichkeit an das angestammte Fürstenhaus.‟

„Dein Volk, das — Fürstin — immer mit den Deinen,
„Was es verloren immer wird beweinen,
„Dir legen wir, die allzu früh geschieden,
„Die treue Liebe an der Gruft hier nieder.
„O sende Du dafür zu uns den Frieden!!‟

Am 25. Mai 1862.

Welch' schmerzenvolle Trauerkunde
Erschreckt die Stadt, erfüllt das Land!
Ach, es erstirbt das Wort im Munde,
Wird heut' Mathildens Nam' genannt.

Wie strahlten jüngst noch Aller Blicke
Bei dieses Namens mildem Klang!
Nun rinnen Thränen dem Geschicke,
Es klingt der Nam' wie Grabgesang.

Beglückend war einst ihr Erscheinen
Gleich eines holden Genius;
Sie ist nicht mehr — und wir beweinen
Der Schickung, ach! so harten Schluß.

Mathilde! — Sollten wir nicht klagen
Um den Verlust, der uns betraf?
Schläft auch nach herben Leidenstagen
Sie nun den schmerzenlosen Schlaf.

O, schlummre sanft, du Engelreine,
Von keinen Leiden mehr gedrückt,
Bis dich der Herr im Glorienscheine
Im Reiche der Verklärung schmückt.

Ja, engelrein so war das Leben,
Das uns zu früh der Tod entführt,
Von Fürstenwürde rings umgeben,
Von Frauenanmuth reich geziert.

Ihr Herz, in christlichem Erbarmen
Zu jeder edlen That bereit
War offen stets der Noth der Armen,
Und Wohlthun war ihm Seligkeit.

Es weint an ihrem Sarkophage,
Wer noch Gefühl für Tugend hegt.
Ihm folgt der armen Kinder Klage,
Die sie mit Mutterhuld gepflegt.

Geehrt im weiten Herrscherkreise,
Von all' den Ihren hochgeliebt,
Hat nun ihr Tod in gleicher Weise
So Hoh' als Nied're tief betrübt.

Ergeben fromm in Gottes Willen,
Trug sie der Prüfung schwere Last
Und um der Ihren Schmerz zu stillen,
Zeigt sie sich standhaft und gefaßt.

Ein solches Leben, wie belebend
Und stärkend in der Erdennoth;
Ein solches Streben, wie erhebend!
Ja heilig ist ein solcher Tod.

Nachruf.

Leb' wohl du heißgeliebte Fürstin,
Du freundlich Engelsangesicht;
Du Schutzgeist vieler tausend Armen,
Vergessen wird dein Volk dich nicht.

All' unser Fleh'n, es war vergebens,
Die Thräne rinnt — es ist gescheh'n!
Nach diesen schmerzlich harten Kämpfen
Entschwebt dein Geist in Himmels Höh'n.

Du Fürstin voller Huld und Milde,
Zu gut warst du für diese Welt,
Drum hat der Himmelsvater droben
Zu seinen Engeln dich gesellt.

Die Liebe ift ein zartes Bündniß,
Sie knüpfet es an hier und dort.
Im Herzen deiner treuen Heſſen
Da lebſt du Edle ewig fort!

Darmſtadt, den 25. Mai.   L. K.

Mathilde ift geſchieden!·

Fließet, Thränen, unaufhaltſam fließet
    Um die allverehrte Fürſtin,
Um die heißgeliebte Landesmutter,
    Um die Freundin unſrer Armen.

Gott im Himmel wolle ſelbſt nicht tröſten
    Jetzo ſchon; das Herz hat heute
Raum nur für die allertiefſte Trauer;
    Starr nur blickt umflort das Auge.

Doch, wer biſt du dort im Strahlenglanze?
    Sehe ich der Seel'gen Eine?
Heißgeliebte Fürſtin, ja du biſt es,
    Winkeſt freundlich dem Betrübten:

„Weine nicht, verehre Gottes Wege;
    Sein Gebot hat mich geleitet;
Glaube, hoffe, wirk' in ſeinem Dienſte;
    Selig, wer erringt die Krone!"

    Vom Lande,
bei der Trauernachricht am 25. Mai.   W.

Bei dem Tode
Ihrer Königl. Hoheit unserer geliebten Großherzogin
Mathilde.

Die theure Fürstin hat die Welt verlassen,
Die aller Herzen Liebe sich erworben,
Wir steh'n erstarrt und können es nicht fassen,
Daß die geliebte Herrin uns gestorben.
Daß ferner nicht mit segensvollem Schritte
Sie wandeln wird in ihres Volkes Mitte.

Des Tag's gedenk' ich, da im Jugendscheine
Sie wonnig lächelnd bei uns eingezogen,
Da unser Fürst sie stolz genannt die Seine,
Ihr alle Herzen freudig zugepflogen,
Entzückt vom hohen anmuthvollen Bilde
Sprach jeder Mund begeistert aus: Mathilde.

Was uns ihr Bild versprach hat sie gehalten,
In sanfter Huld, in himmlischem Erbarmen,
In Gramesnächte drang ihr liebend Walten,
Sie war die Mutter der bedrängten Armen,
Drum blieb kein Aug' in unsern Mauern trocken,
Als ihren Tod verkündeten die Glocken.

Wie leer, wie öd' erscheint nun jede Stelle,
Die sie beseelte — dunkler Todesschatten
Verdrängt die heit're liebevolle Helle,
Und zog in's Herz ein ihrem hohen Gatten.
Nicht soll mein armes Wort zu rühren wagen
An seinen Schmerz, den Gott ihm helfe tragen.

Da bebt mir durch die Seele der Gedanke
An einen König, der im großen Herzen
Die Tochter trug, zu dem die hohe Kranke
Noch Liebesgrüße sandt' in Todesschmerzen;
Dem edlen König mög's als Trost erscheinen,
Daß zwei getreue Völker mit ihm weinen.

An heil'ger Stätte ruhet ihre Hülle,
Wo sich Gebete heiß für sie erheben,
Die ihres reichen Herzens Liebesfülle
So warm ergoß in's arme Erdenleben.
Ihr werde Seligkeit für Lieb' und Milde,
Und unvergeßlich bleiben wird Mathilde.

Louise von Plönnies.

Bei dem Tode
der Großherzogin Mathilde von Hessen.

Eine Kunde ernst und düster tönet durch das deutsche Land,
Daß der Geist von edler Frauen irb'scher Hülle sich
entwandt,
Daß der hohen Fürstin Seele schon zu bessern Welten
schied,
Und im stolzen Dome schallet weihevoll das Klagelied:
O Mathilde, Bayertochter, Herzogin so fromm und mild,
Uns umschwebt auf allen Wegen dein geliebtes, theures
Bild;
Und wir seh'n im Jugendglanze dich im Kreis, der
Deinen steh'n,
Sehen dich mit stolzer Würde neben dem Gemahle gehn.
Immer schmückt der Fürstin Hoheit dich und holder
Grazie Zier;
Aber mehr, als all' dieß Schöne, auch dein Herz
bewundern wir.
Ach! dieß Herz, das allem Edlen hold und treu dem
Guten war,
Lächelte auf deinen Lippen, strahlte aus dem Augenpaar.
Allzufrüh deckt ew'ger Friede deiner Seele Silberquell;
Aber über Raum und Zeiten strahlt dein Name wun-
derhell.
Hohe Fürstin, die jetzt wandelt an der treuen Mutterhand

Als ein früh verklärter Engel droben in der Sel'gen Land;
Breite segnend deine Arme immer über Deutschland hin:
Unvergeßlich wirst du bleiben, unsrer Herzen Königin!

Frankfurt a. M., den 26. Mai 1862.

von Scharff-Scharffenstein.

Bei der Trauerkunde von dem Hinscheiden Ihrer Königlichen Hoheit unserer allverehrten Großherzogin.

So ist es wahr! — des Sabbaths Morgenröthe,
Die stets mit Freude jedes Herz geschwellt,
Wenn Frühlingsodem durch die Fluren wehte,
Ward dir ein Wiederschein der bessern Welt.
Der Sabbath rief zur hohen Siegesfeier,
Der Geist ist frei, denn seine Fessel brach,
Nur wir, die Deinen, schau'n im Thränenschleier
Dir, der Vollendeten, voll Trauer nach.

Nun sind verstummt ringsum der Freude Laute
Und Eine Klage geht durch's ganze Land,
Sie, deren Aug' voll Milde auf uns schaute,
Erkaltet ruht schon ihre Segenshand.
Vollendet ist ihr segensreiches Leben,
Das Huld und Menschenliebe schön verklärt,
Und dessen Reinheit, dessen edles Streben
Ein ganzes Volk bewundert und verehrt.

Gerecht ist des verwaisten Gatten Klage,
Wir fühlen mit dir, sehen deinen Schmerz.
Ein Wintersturm um greise Lebenstage,
Ein schwerer Schlag für's treue Vaterherz!
Nicht wiederkehren jene Freudenstunden,
Wo mit der edlen Tochter froh bewegt
Ein Königsherz des Vaters Glück empfunden,
Der früh des Guten edle Saat gepflegt. —

Wir fühlen mit den Kummer all' der Armen,
Die segnend deinen Namen stets genannt,
An deren Lebenshimmel dein Erbarmen
Als heller Stern in finstern Nächten stand.
So wird auch dich des Heilands Wort begrüßen,
Dort an des Wohlthuns großem Erntetag:
„Der Liebe Werke hast du mir erwiesen."
Dir folgen heiße Dankesthränen nach.

So blühe, Frühling, um die dunkeln Mauern,
Wo ruhig schläft ein edles Fürstenherz!
Heb' der Verwaisten Herz aus tiefem Trauern
Mit deinem Gottesodem himmelwärts,
Zum ew'gen Frühling dort an Gottes Throne,
Wo Palmen sich um die Verklärte reih'n.
O mög' sie mit des Himmels Ehrenkrone
Noch ihres Landes hoher Schutzgeist sein!
Mainz, den 26. Mai 1862.
Marie Clausnitzer-Hennes.

Die Glocken zu Beienheim.

Es kam die holde Frühlingszeit
 Gegangen,
Und alle Herzen wurden weit
 Und sangen, —
Da ist wie lichtes Morgenroth
Die hohe Fürstin in den Tod
 Gegangen.

In Hessenland die Glocken all'
 Nun klagen,
Und weithin wird ihr Trauerschall
 Getragen,
Das klingt so trüb an jedes Herz
Und kündet laut den tiefen Schmerz
 Des Landes.

In Beienheim der Glockenklang
    So linde,
Der tönt wie Ostermorgensang
    Im Winde.
In Beienheim der Kaspar Jung
Der setzt die Glocken dort in Schwung
    Zur Stunde.

Die Andern stellten Alle ihr
    Gebote,
Er sprach: ich läut' aus Liebe für
    Die Todte.
Sie hat den Armen wohlgethan,
Drum will um Lieb' ein armer Mann
    Ihr läuten.

Der Kaspar Jung, das ist der Mund
    Der Armen,
Die geben laut den Dank „ihr" kund,
    Den warmen.
In Beienheim der Glockenklang,
Der tönt wie Ostermorgensang
    So linde!   B—b.

Alsheim.   (Darmst. Zeit. vom 10. Juni 1862.)

Schlußstein.

Professor G. Zimmermann eröffnete gestern seine Vorträge über Göthe auf eine ergreifende Weise, indem er bei dem Hinblick auf die Stelle, welche sonst die höchstselige Großherzogin in diesem Hörsaale einzunehmen pflegte, seinem Schmerze tiefbewegte Worte lieh. Er, sagte der Redner, wie das ganze hessische Volk, werde diesen Verlust nie vergessen, nie verschmerzen, in jeder bedeutsamen Stunde unseres Lebens werde das Bild der Verklärten wehmüthig und erhebend in unserer Erinnerung auftauchen.

„Die echte Majestät", fuhr der Redner fort, „ist Gnade, Milde, Bewahrung und Beschützung alles Edeln und Schönen, und aus ihrem Bereiche ist alles Kleinliche ausgeschlossen. Wir dürfen deßhalb auf die Höchstselige das Wort beziehen, das Göthe seinem Schiller nachsang:

> „Hinter ihm in wesenlosem Scheine
> Liegt, was uns alle bändigt, das Gemeine.

Auf eine seltene Weise fanden wir in dieser Fürstin die zarteste Sittlichkeit mit dem Schwunge der Phantasie und mit der Begeisterung für die Kunst vereinigt. Sie war auch die erhabene Muse der Vorträge, die sie durch ihre Gegenwart verherrlichte". Indem der Redner hier die sittliche Grazie persönlich vor Augen hatte,

konnte sich ihm für seine Gedanken der ange=
messene, geziemende Ausdruck nicht versagen.

Der christlichen Milde, die den Lebenslauf
der frommen Fürstin begleitete, gedachte der
Redner, indem er einige Verse aus Uhland's
Klagegesang: „Katharina" auf sie anwandte.
Dort legt nämlich die Muse des Dichters in
den Sarg einer trefflichen Fürstin zur Krone
„bedeutsam einen vollen Kranz von Aehren"
und spricht:

„Nimm hin, Verklärte, die du früh entschwunden,
Nicht Gold noch Kleinod ist dazu verwendet,
Auch nicht aus Blumen ist der Kranz gebunden,
In rauher Zeit hast du die Bahn vollendet:
Aus Feldesfrüchten hab' ich ihn gewunden,
Wie du in Hungertagen sie gespendet;
Ja! gleich der Ceres Kranze, flocht ich diesen,
Volksmutter, Nährerin, sei mir gepriesen!

Sie spricht's — und aufwärts deutet sie, da weichen
Der Halle Bogen, die Gewölbe fliehen;
Ein Blick ist offen nach des Himmels Reichen,
Und droben sieht man Katharinen knieen,
Sie trägt nicht mehr der ird'schen Würde Zeichen,
Sie ließ der Welt, was ihr die Welt geliehen;
Doch auf die Stirne fällt, die reine, helle,
Ein Lichtstrahl aus des Lichtes höchstem Quelle.

(Darmstädter Zeitung vom 9. November 1862.)

———◆◆◆———

H. L. Brönner's Druckerei in Frankfurt a. M.